KB206286

시간의 미궁

박수중 시집

先 인생 後 문학이라는 후문학도의 길을 걸어오며
제2의 삶을 급히 쫓아오느라 창작이 넚두리에 그친
아쉬움이 있지만 남은 노을의 아름다움도 계속 그리고 싶다
다만 앞으로 시의 세계는 생성형 AI의 진전으로
독특한 체험이나 기발한 상상, 초월적 감성만
살아남을 것으로 보여 어찌 대처하여야 할지
그저 막막할 따름이다

을사년 3월
土坪 寓居에서 有餘

차 례

● 시인의 말

제1부

제2부

제3부

제4부

제5부

제1부

낯섦에 관하여

망각은 사라지는 것이 아니고
들어오는 것
물처럼 스며 들어와
목소리와 얼굴을, 이름을 지운다
잊지 않으려고 물안개 기억에 매달리지만
어느 이름은 끝내 찾지 못한 이야기일 뿐
까맣게 잊었다가도 문득
멍멍한 무념 속에서 떠올랐다
낯설게 사라진다

어느새 여기까지 왔지?
돌아보아도 지나온 길 보이지 않는다
모든 시선이 비어 있다
길거리 걷는 인파의 띠에도
누구의 생각 속에도 나는 없다
나를 확인할 스모킹 건*은
어디에도 발견되지 않는다
저무는 계절 불타는 낙엽의 시간이

청명한 가을 햇빛 속 우두커니 선 나무가

너무나도 낯설다

* smoking gun. 사건의 결정적 증거.

어느 수화手話

이젠 꿈에도 잘 나타나지 않지만
그래도 아직은 가끔 뜬금없이 찾아온다
만나면 마치 물속에서처럼
입 모양으로 대화하는데,
내가 당황하여 눈빛을 보낼 때는
너는 입 대신 손으로 속삭인다

머릿속으로 수많은 말이 떠올라
감정의 끝자락 몇 마디 부서진 조각들과
보고 있으면서도 어디인지조차 모르는 갈망을
서로의 시대가 어긋난 안타까움을
오랜 적설積雪 같은 슬픔을
눈으로 전달하면
너는 표정 없이 손짓으로
말을 보내온다

그런데 정작 나는 수화를 배운 적이 없어
무슨 뜻인지 알 수 없고

어설프게 내 언어중추로 해석한다

아마도 '아무것도 알려고 하지 말아요'

아니 '아직도 살아 있어요?'일 거라고

처음부터 없는 소리

두 사람의 대화가 따라온다
낯익은 소리 같아 뒤돌아보면
두 개의 나뭇가지가 흔들리고 있다
흔들리는 인파 속에서
바람의 소리를 감촉하기도 한다

익선동 옛 한옥 골목
지붕만 남은 그 시대 친구의 집을 지나면
낮은 처마에 묻혀 있는 들뜬 소리가
나직이 속삭인다
대체 이렇게 늦도록 어딜 다녀왔냐고

소리가 눈으로 감각으로 온다
과거의 소리들이 뜬금없이 찾아오지만
그런 소리가 실재實在하는지는 아득할 뿐이다

보청기를 끼면
오랜 시간 숨어 있던 소리들이

일시에 부르짖는다

'아무것도 알려고 하지 말아요'

환상으로 듣는 아마도

처음부터 없는 소리들이다

우두커니

서재 컴퓨터를 켠다
방금 전 들어가려던 앱이 무엇인지 멍하다

오래된 고물 가방을 열면서
찾는 물건이 무엇인지 막막하다

영화관 키오스크 앞에서
보려는 영화가 무엇인지 당황한다

반세기 전의 어느 이름은 잊혀지지도 않는데
전화를 걸어 놓고는 상대 이름부터 막혀버린다

무슨 행동을 하려는 순간
갑자기 살아온 삶의 자취가 사라진다

생각이 다시 돌아올 때까지
우두커니
정지된 인생의 시간 앞에 선다

물끄러미… 멍때리며

적막寂寞의 모습

갑자기 가을비
빗방울 후드득 호수에 떨어진다
수면의 적막이 와르르 흩어진다

이어지는 빗줄기에 쫓겨
그는 물속으로 가라앉는다
빗소리만 요란하고
한동안 그의 소식은 가뭇없다

비가 그치고 햇빛이 내려오며
서서히 그가 물 위로 고개를 내민다
허공에 남은 빗방울 몇 개 낙하하여
그 자리를 밀치며 수면에 달라붙는다

호수 위로 고요가
하얗게 반짝이기 시작한다
바람에 퍼지는 물결 위로
새로운 긴 파문이 덮어 온다

그와 나는 외로움을 소통하고 있다

그대의 저쪽 2

긴 세월 나는
그대의 이쪽 프로필만 보아 왔어요
나에게 보이지 않는 그대의 저쪽은
달의 뒤편처럼 아주 멀게 느껴졌지요

이쪽은 황혼이 뉘엿뉘엿 넘어가는데
그쪽은 어쩌면
한창 해가 중천인
전혀 다른 세상일 것 같았어요

그대의 그쪽 소리도
의미는 알 수 없지만 아득하게
그러나 그림처럼 아름답게
들려오곤 했어요

세월은 비껴가는지
미동도 하지 않는 그대의 이쪽 얼굴엔
언제까지고 붙잡고 싶은 그리움이 묻어 있지요

햇빛이 그쪽의 현기증 속으로 사라집니다
이쪽의 그림자는 노을 속으로 들어갑니다

이제 내 무의식의 시선은
그대의 진정한 얼굴을 찾아
순간의 먼 거리를 헤매고 있습니다

봄밤, 낯선 꽃들이 찾아오다

봄밤
뒤돌아보면
풍경이 되어
웅크리고 있던 소리들
사방에서 지직거리며
꽃처럼 스며든다

숨어서 안 보이던
울먹이는 그 소리
생채기 나 떨린다
이어폰을 귀에 붙이면
아주 젊은 달[月]이
어디 갔다 왔냐고 속삭인다

느닷없이 낯선 꽃들이 찾아와
고장 난 라디오 잡음처럼 핀다
봄밤

포스트 잇post-it 관계

할 말을 한두 숨으로 압축
흔적 없이 붙었다 떨어진다
한 번의 조우遭遇로 끝나지만
쉽게 떨어지고 싶지 않다

그 사람의 빈 상처 자리에
오래 붙어 있고 싶었다
무작정 위로의 한 색깔로

그렇다고 계속 붙어 있어
관계가 회복되는 것도 아니다
어차피 시간의 주술로 인연은 끝난다

감추어진 호소라도
세상의 바람에 날리지 말고
그대의 손으로 거두어지기를
안타까운 집착도 거기까지

이름 버리기

김 아무개 단풍나무

이렇게 이름이 개체를 규정한다

그런데 너구리는 왜 너구리일까

여우는, 참나무는, 메뚜기는 왜 메뚜기일까

素月의 삶은 달月과는 다르다

李箱은 또 상자箱가 아니다

이름은 그 당사자의 모습과 전혀 관계없는 기호

대체 만물에 이름이 언제부터 생긴 것일까

네안데르탈인에게 자연은, 사람은 어떤 이름이었을까

이름이 그 정체성과 무슨 연이 있는지도 의문이다

에릭 로메르* 특별전에 가서

사계절 이야기 중 한 계절의 이름을 혼동하여 두 번 본다

이게 그저 명사名詞 망각의 차원인지 혼란스럽다

이후 구태여 명칭을 고집하지 않기로 한다

때로는 모든 이름을 지극히 단순화하여

대충 '어이' '거시기'로 부른다

세상의 이름도 세월 따라 품격을 잃고 늙어간다

미니멀 라이프 시대에 불필요한 모든 것들과 함께

많은 이름도 버릴 것이다

* 에릭 로메르(1920-2010). 프랑스 누벨바그 영화감독.

구름 속으로*

클릭, 클릭

먼 하늘을 향하여 신호를 띄워 보내요

기억이 끊어지지 않게

엉켜 있는 시간의 실을 풀어주지요

그리움이 팽팽해지는 어느 순간

서로의 생각이 바람 타고 날아가 닿는

구름 그 속에서 접속하도록요

거기서 그대가 기다릴 것만 같았어요

섬광처럼 알 수 없지만

시간을 초월한 최면에 빠져

그 옛날의 시점으로

돌아갈 수도 있지 않을까요

유성이 흘러가며 흩어지는 안타까움들

나는 미망迷妄에 빠져

어느 시공을 통과하는지도 모르겠어요

구름이 세찬 바람에 흔들려

폭우로 쏟아지면서

낯선 가상현실(VR)에 내리는

흠뻑 젖은 내 아바타의 모습이

너무나 초라했어요

* cloud service.

인디언 서머

초가을 선선한 바람은 어디 가고
다시 늦더위의 열기가 돌아왔네요

이제 세상살이 만남에서는
가끔 이름을 잊고 생각이 막혀
어색한 웃음으로 얼버무리는 나이인데
머릿속 철없는 사람은 어디 갔다
불쑥 선명히 나타나는지 모르겠네요

세월이 너무 흘러
기억에 현타*는 없어요
그렇다고 가상현실은 아니겠지요
꿈에서 보는 그대의 시선은 뚜렷한데
UFO에서 내린 외계인 같아요
사실 어느 시점인지도 알 수 없구요
당연히 어딘가에서
잘살고 있을 줄 믿으면서도
혹시나 그렇지 않으면 어찌 되었는지

'잠자는 푸른 바람'**에게 물어보고 싶네요

망상으로 자가당착, 무더위에 지치며

* '현실 자각 타임'이라는 뜻의 신조어.
** 가상의 인디언 이름.

제2부

통조림

바퀴처럼 굴러가던 내 영혼이
손발을 웅크리고 있다

너의 등은 나의 벽이다

길거리를 걷는 햇빛 속에도
너의 생각 속에도
나는 지워져 있다

너는 또 다른 나의 공백
기억의 빈자리에
상형문자로 갇혀 있다

빛이 없다
무루無漏한 무중력을
견디어 내는 나날

하지만

언젠가 해체의 날이 올 것이다
어느 표한慓悍한 세상을 향하여
울컥 쏟아지리라

보이스 피싱 2
— voice phishing

느닷없이
가늘게 끊어질 듯 이어지는
어딘가 귀에 젖은 목소리
먼 우주의 음성처럼 낯설지만
그럴 수도 있지요
수십 년이 지나며 같이 늙어왔을 테니까요

차라리 먼 과거에서 들려오는
소리이기를 바랐어요
그대의 처지에 관한 어떤 단서도
사라져 버린 지금 그것이
그간의 부재를 해명하는 소식이라면
그 대가로 아까울 것이 무엇이겠어요
기억의 어느 구석에 웅크리고 있을
허무한 원망의 청구서라도
기꺼이 다 갚아주고 싶어요
그러니 무슨 연유이든
나를 낚는다고는 생각하지 마세요

오히려 금방 끊지 말고 조금 더
그대의 형편을 이야기해 보세요

…알겠어요, 그저 막막한 슬픔
결국 어느 계좌로 돈을 보내라구요?

데케이드 (10年) decade

졸부拙夫 인생에서

몇 번의 10년이란 세월은

큰 구획이고 전기轉機였으니

어찌어찌 여기까지 온 것도 불가사의한데

다시 새롭게

십 년의 우연을 시작하려니

도무지 앞길이 막막하기만 하다

이제 내 앞의 십 년은

정작 어디까지 갈지도 모르면서

더 이상 어떤 정서도 침투할 수 없는

내면의 공허기空虛期에 접어들고 있는데…

그러나 어찌하리

속수무책이지만 짙어가는 망각 속

망상의 소리라도 들려오면

어설픈 글이나마 푸념처럼 써 가야지

때로는 그리움도 미련도 다 놓아버리고

장궤틀*에 무릎 꿇고 졸고 있으리

어차피 멍때릴 시간에 눌려

남은 슬픔도 잠깐이겠지

* 기도하는 성당 의자.

별에서 오는 신호

홀로 침잠沈潛하는 나이에
어디서 무슨 소식이 온다고
밤마다 휴대폰을 옆에 두고 자나

가끔 한밤중 반수半睡로
몽유夢遊 뒤척이기도 하는데
겨우 잠들면 부우 부우
수신신호가 내 잠 속으로 기어들어 온다

어느 날은 꿈속으로 들어와
중얼거리기도 하지만
아침이면 어떤 내용인지 기억은 없다
머릿속 잠깐의 떨림으로 지나가 버렸나
아무 흔적이 없다

착각인가
혹은 내 의식 너머 먼 다른 별에서
먼저 간 그 옛날의 누군가가 보내오는

부재不在의 신호, 나를 부르는 소리는 아닐까

은근히 초조한 나는 더더욱

심야에도 옆의 스마트폰을 끄지 못한다

허공이 주소인가

노을이 다가오며
점차 이름을 잊어가고 있네

오래전 언제부터인가
너의 행방을 알 길 없지만
그 옛날 편지에 남아 있는 지문을
클라우드cloud와 인공지능(AI)에
투입하여 추적하고
단서가 희미해지기 전에
수십 년 기억 속 인연의 흔적을 모은
편지를 드론에 태워 하늘로 띄우면
지금 어디엔가 있는 너에게
찾아갈 수 있을 것이러니

혹시나 주소가 허공은 아닌지
너의 이름은 아직도 실재하는가

빈 시선

이게 누구였지?
망각이 물처럼 스며든다
그 물에 이름이 지워진다
잊지 않기 위해 글을 남기지만
평생 어느 이름은 철저한 자물쇠
풀리지 않는 암호일 뿐
완전히 잊었던 그 이름이
어느 날 멍멍한 無念 속에서
떠올랐다 사라진다

어느새 여기까지 왔지?
낯설다
돌아보아도 지나온 길 보이지 않는다
주위를 둘러보아도 어디에도
내 흔적은 남아 있지 않다
길거리 걷는 햇빛 속에도
누구의 생각 속에도 나는 없다
나를 확인할 암시조차 발견할 수 없다
모든 시선이 비어 있다

그리운 속명俗名

이름이 사람인데
농인聾人들은 서로 추상의 이름보다는
각자의 생김새를 수어手語로 부른다고 한다

할아버지는 딸이 계속되자
암을 피한다고 아명兒名을 암피라고 지었다
그런데도 또 딸이 나오자
이번에는 딸은 고만이라고 땅꼬라고 불렀는데
그 후 더 이상 아들이고 딸이고 생기지 않았다

우리 조카들은 평소
그녀들의 호적 이름은 들은 적이 없고
늘 그대로 암피 땅꼬 고모였다
암피 고모는 슬하에 자식이 없었다
그녀들로부터 독자獨子 오빠의 자식인 우리들은
평생 무한한 사랑을 받았다

어른이 되어

이름을 더 이상 친근하게 부를 기회도 없이

각박한 한 세상이 지나

우리는 두 고모의 장례식에서야 비로소

지방紙榜에 쓰인 그녀들의 호적 이름에 애도하며

명복을 빌어주었다

하지만 얼굴을 마지막으로 배웅하는 입관入棺의 순간에는

그만 어린애처럼 그녀들의 친근한 속명俗名을 터뜨리며

울컥 매달리고 말았다

클라우드*

내 의식 무의식의 정신 들판은
세월에 풍화風化되어 허공으로 올라가
구름 속 무수한 입자로 저장되는 것
구름이 커지면 커질수록 나는 불안해진다

초겨울 강남역 10번 출구
구름이 풀려 쏟아지는 빗줄기에
너와의 마지막 순간들이 흘러내린다
내 뺨을 어루만지는 시간의 기억에 당황한
나는 현재의 우산을 꺼내 들지 못한다
빗물로 눈물로 흘러내려
데이터 제로가 되면
아마 나는 먼 저녁노을 너머에서
너무나도 낯설어진 너를 만나게 될 것이니
구름이 해체되어 그만큼
기억의 빈 공간이 늘어나도
새삼 다시 새로운 눈빛들로
채우고 싶지는 않다

오늘 초겨울 하늘은 나에게서 멀리 있다

구름이 짙어져 모니터 화면에

눈발이 날리기 시작한다

* cloud service.

엇갈리다 樂園

― 뒤비비에의 영화 '무도회의 수첩'을 기억하십니까

지하철 종로3가역 5번 출구는
시간의 경계이다
긴 계단을 천천히 올라가면
半世紀에 하루 지상으로 떠오르는 마을처럼
과거의 樂園이다
오래전 그 사람 우연히 마주칠지
설레기 시작한다

상상 속 조우遭遇와의 오차는 길어야 10분
혹시 먼저 와서 무엇인가
지나간 시간의 조각을 줍고 있는 것은 아닐까
두리번거린다
은근한 기대는 좀처럼 우연을 낳지 못한다
결국 오늘도 놓쳤나보다

인파로 붐비는 낮은 처마 좁은 골목길

그 사람 이미 총총 앞서가고 있는 것은 아닐까

이미 경계를 넘어가고 있는가

이십 대의 젊은 내가 뒤를 쫓아간다

우리는 과연 낙원으로 흘러가고 있을까

쫓는 내 발자국 소리가 오늘따라

귀에 잘 들리지 않는다

환상보다 너무나 긴 여운의 세월.

쿨Cool 2

좋아하는 내색을 들키기 싫어
짐짓 무표정하게 있으면

몇 번이고 딱지맞아 속이 쓰리면서도
아무렇지도 않은 척하면

횡재를 노리고 몽땅 투자했다가
깨끗이 날리고 허허 손 털면

절벽에 도달하기 직전 강심장으로
달리는 차에서 가장 늦게 뛰어내리면

말도 안 되는 어거지를 들으면서도
태연하게 참고 있으면

뻔한 파렴치 혐의 재판을 질질 끌며
절대 무죄라고 우기고 있노라면

그게 쿨하다고?

......

내려놓기 2

어느 순간 어디엔가
지니고 있는 무엇인가를
어떤 이름을
내려놓고 오곤 한다

머릿속에 떠오르는 생각도
날 때마다 지워버리기로 한다
집착이나 어설픈 기대
세상을 사는 굴레나 체면도
당연히 무시하기로 한다

이제 무의식 속에 숨어 있는 기억을
어찌 하나 망설여지지만
홀로 텅 빌 때까지
무심히 흘려보낼 것이다
그렇게 다 내려놓으면
의식 너머 너까지 사라질 것이지만
남은 시간은
그냥 멍때릴 권리가 내게 있다

제3부

치인痴人*

기억들이 노을을 향하여

조금씩 희미해져 간다 그럼에도

어느 기억은 더욱 또렷해지고

초봄 아지랑이 속

숲속의 빈집에 비치는 양광 속으로

너의 얼굴은 시간을 거슬러 계속 쫓아온다

시간의 미궁迷宮을 헤매이며

갈수록 바보(癡呆)가 되어 가지만

다행히 아직 알 것은 대충 안다

먼지 쌓인 유리창 같은

아득한 날들, 아련한 추억

난해하고 낯선 무언가의 불안한 의미,

언제부터인가 소식 두절의 슬픔

다 알고 있다

그러니 이제 더 이상 내 생각에 떠오르지도

그런 따뜻한 눈빛을 하지도 말아요

망상의 상처도 덜 입게 해 주어요

여기 상상 속으로 또 오고 싶지 않게끔

그렇게 아주 가끔 모르게 나타나라구요

* 다니자키 준이치로(谷崎潤一郎)의 소설 『치인의 사랑』(1925)에서.

어느 신호등
— 크로노스타시스*

길을 건너면 끝
결별의 시간이다
초조하다
붉은 등이다

망설임으로 흔들린다
푸른 등이 켜질 때까지의
순간이 영원한 기다림이다

좀처럼 신호가 바뀌지 않는다
가슴이 덜컹 내려앉는다
건너편 시곗바늘이 멈춰 보인다*
어쩌면 수동신호등일 수도…

* chronostasis. 그리스어/집중력이 고도에 달한 순간 일시적으로 시간이 멈춘 것으로 여겨지는 현상.

이진법 관계

有에서 無
삶에서 죽음으로의 진행은
명제命題가 두 개뿐인 이진법二進法
有-일(1) 無-영(0), 生-일(1) 死-영(0),
일영(10)에서 끝이다
다시 부활은 없으므로

너와 나의 관계도 둘만의 운명
만남과 헤어짐의 이진법으로 진행된다
헤어져도 다시 만날 수 있다
계속 이어질 수 있는 이진법이다
그러나 너와 나는
어느 순간 모니터에서 헤어지고 끝이다
이진법 일영(10)에서 더 이상 진전은 없다

구름*이 이진법의 기억으로 가득 차면
십진법의 세상에 비로 쏟아진다

* cloud service.

비밀 새로 만드나

나만 알고 남은 모르는 아니 몰라야 하는
짜릿한 암호 같은 비밀번호를
디지털 신호가 자꾸 바꾸라고 한다
그사이 무심코 드러났을 수도
해킹당했을 수도 있다고

하지만 무슨 여분의 비밀이 그리 많겠는가
그러지 않아도 무리하게 암호를 쥐어짜다 보니
어떤 경우는 금방 까먹어
내가 내 블로그조차 못 들어가게 생겼는데도
조금 시간이 지나면서
여러 앱에서 다시 안전하게
비밀번호를 바꾸라고 닦다글이다

그렇다고 비밀을 새로 지으려면
나름대로 사연 있는 숫자와 문자를
다시 찾아야 하는데 그러면
지금까지의 불륜 기제機劑는 어찌 되는가

이미 머릿속 여자의 생일은 다 써먹었는데

또 새로운 불륜을 저지르라고?

구름 속의 너

어느 세월부터인가

너는 어디에도 보이지 않았다

바래버린 내 기억의 잔영殘影에 남아 있는

마지막 주소로부터 추적을 시작했지만

다섯 번째 주소에서 포렌식*도 멈추었다

마치 성간星間 우주로 진입한 것 같은

막막한 무력감에 젖어 들었지

내 기억은 이제 구름** 속으로

너를 찾으러 들어갔다

시간이 엇갈려 접점이 없더라도

혹시 교차하는 흔적들이 올라오지 않을까

내 과거의 기억들을 끝없이 업로드했다

구름 속에서

내 기억과 너의 기억이 조우遭遇하지는 않을까

기다려도 기다려도 아무 반응도 없고

연상聯想할 수 있는 어떤 상징도 떠오르지 않았다

아마도 너는 과거도 현재도

나에 관한 모든 단어를 잃어버렸나 보다

어느 황혼의 순간

그림자로 지나친다 하여도

생각이 상상의 블랙홀을 헤매도

21g 영혼에는 오직

'긴 이별'***만이 기다리고 있을 뿐이구나

구름이 뭉쳐 비가 쏟아지고 있다

* forensic.
** cloud service.
*** 1961 칸영화제 황금종려상 수상 영화.

푸른 점(pale blue dot)

오래전 첫사랑처럼

느닷없이 찾아온 장맛비를 맞으며

일순 떠오른 단상斷想은

보이저 1호가

우주의 심연 속으로 태양계를 벗어나며

마지막으로 찍은 64,000개 별들 中

지극히 작고 보잘것없는…

푸른 점.

그 안에

80억 생각이 살고 있고

생명이 생겨나고 사라지고

사랑하고 미워하고

시작이 있고 끝이 있느니

무한無限한 우주 질서 속에서

의미의 있고 없음이

무슨 소용이 있으랴마는

내 그리움의 실체는

대저大抵 은하 속 점 속의 먼지,

그 먼지의 100代孫 티끌만도 못할 터인데

어찌하여 왜 이리도 잊을 수가 없는가

어느 낙화落花

H대 길거리, 2인조 밴드가
저녁에야 기상하는 권태를
요란하게 깨우고 있다
비보이가 팽이 돌고
노랑머리 앳된 가수가
알아들을 수 없는 랩을 읊고 있다
소음이 노을빛 따라 파문으로 번져나간다

지나간 시간들이 바람에 불려 오고
사람들이 하나둘
커지는 등불처럼 모여든다

멍멍한 반향反響은
귀가 먹어가는 징조라는데
아득히 잊었던 목소리가
외딴섬에서 들려오는 듯하다

누군가 뒤에서 내 손을 잡는다

손에서 끈적끈적 점액질 기억이 묻어난다

순간 돌아보아도 아무도 없고

혹시나 우연은 끝내 오지 않았다

이내[嵐氣]의 푸른 허공 속

귀를 찢는 헤비메탈의 비트에

활짝 핀 벚꽃잎이 떨어지고 있다

폭설의 미학

분. 분. 분.

눈보라가 끊임없이 흩날리네요

먼 시선 끝없는 허공에서

소리도 없이 낙하하는 그대 미망未忘의 자취들

눈송이마다 다른 시각이 나풀거려요

그 오랜 세월 어떤 기별도 없다가

이렇게 예고도 없이 불쑥 찾아오면

나는 어찌 감당하라구요

느닷없이 쏟아지는 순백의 결정체 설움

하얗게 하얗게 나를 발가벗기면

나는 무슨 소식인지 알 수 없어 그저

하얀 그리움의 들판을 정처 없이 헤매겠어요

온 하늘을 메우고 퍼붓는 폭설이

늙은 보청기 귀의 소리마저 가로막아

온통 적막을 깔고 있군요

다 잊고 산지 벌써 50여 년인데

어쩔 수 없이 포기한 내 세월이

너무 억울하지 않나요

혹시 무언가 불온하게

또 나를 속이고 있는 건 아니겠지요

그대 아직도 이 행성에 있기는 한가요

치매 연습

이명耳鳴 탓인가
늘 타던 버스의 뒷좌석으로부터
잊었지만 익숙한 목소리가 들려온다

어쩌다 낮달을 보고
혹시 약속을 잊은 거 아닌가
강남역 10번 출구에서
우두커니 기다린다

눈이 푹푹 오는 낯익은 풍경을
수십 년이 지났어도
어제였다고 생각한다

한낮 햇살에 현기증의 찰나
한 생生이 스치듯 지나가고
허공은 하얀 망각으로 꽉 차버린다

어떤 우연도 찾아오지 않는

서성거리는 노상路上

돌연 쨍그렁

햇빛 부서지는 소리 들려온다

황반변성黄斑變成

오랜 세월
망막의 중심에 모세혈관이 터져
물체의 중심은 보이지 않고
주위만 보이지요

그대를 응시해도
그대의 얼굴이 보이지 않아요
실바람에 나부끼는 긴 머리카락만 보여요

허옇게 쏟아지는 장대비가 보이지 않아요
정원의 빗줄기를 쳐다보면
그 아래 기억이 피어 있는 과꽃에
떨어지는 빗방울만 보이는 거예요

흐르는 강물이 보이지 않아요
물거품 이는 강기슭이 시야에 들어올 뿐이고요
그저 누군가 부르는 소리만 귀에 가득하네요

내 마음에 일식이 일어납니다

해는 둘레만 남아 햇무리와 함께

눈부신 다이아몬드 링을 형성하고

끝없는 흑색 심연으로 빨려 들어가지요

태양의 흑점처럼

내 그리움이 타고 있어요.

제니의 초상 2
— 늙어버린 비슷한 사람 찾기

인천 자유공원 너머 바다를 내려다보는 언덕
폭격 맞은 빈터 피난 학교에서
지붕도 없는 한쪽 벽에 칠판을 걸고
가마니를 깔고 앉아 공부를 했다
추위에 누비 솜옷 벙거지 쓰고 눈이 오면 쉬었는데
밤이면 함포사격 소리가 멀리서 들려왔다

살 찢기는 전쟁 통에
피난 학교 짝꿍은 먼저 환도하며 헤어지고
世波에 우연 없는 시간은 바람처럼 흘렀다
하지만 어느 시간은 그냥 지나가지 못하고
주위를 맴돌고 있다
이제는 그 이름조차 잊고
아련히 어린 얼굴의 인상만이 남아 있지만
요즘도 나는 지하철을 타거나 강남역 10번 출구에 서면
우두커니 사방을 둘러본다
혹시 늙어버린 비슷한 사람이 눈에 안 띄나 하고.

윤슬

기억이 흘러가는 강물

빛을 만나는 찰나

반짝이며 반사하는

한순간의 꽃,

한 生의 파노라마

망각의 심연深淵으로 스러지다

제4부

시간이 휘어지더라도

느닷없이 우주에 빅뱅이 일어나거나
먼지들이 뭉쳐 생긴 새로운 별들이
서로 끌어당기기 시작하면
그 중력 파장으로
내가 사는 행성에 흐르는 시간이
갑자기 휘어질 수도 있겠지

꿈인가 그렇게 되면
상상도 못 한 그 옛날 그대와의 만남이
이루어질 수도 있고
나는 모든 기다림의 독백을 다시 써야 되겠지

그렇다고 지나간 시간을 되돌린다고 하면
그동안 흘린 고통과 기쁨의 눈물은 어찌 되는가
혹시 내 생각도 휘어지고
내면의 겨울이 아무리 권태로워도
나는 뜬금없는 미지未知와의 조우遭遇 보다는
폭설 내리는 낡은 해후邂逅의 현타* 오기를

기다려야겠지

* 현실 자각 타임의 줄임말.

키오스크kiosk* 데이트

친절한 그녀 대신 서 있다

오로지 접촉으로만 반응한다
한마디 말의 소통을 위하여
다단계 터치를 거쳐야 한다
과정에 룰을 어기면
어김없이 처음부터 다시 구애求愛해야 한다

부드러운 순리順理의 감각이 필요하다
서두름 짜증 홍분의 감정은 절대 금물이다
열정으로 만져서도 눈치 보며 건드려도
호응하지 않는다

전혀 융통성이 없는
디지털 관계의 고독이다

꿈속 벽처럼 서 있는 그대
터치가 안 되는 언제나 타인이다*

* 키오스크kiosk: 무인정보단말기.

환상의 소리

바람 소리 빗소리 새소리는
그대로 들리는데
전에는 들리던 '사람의 소리'만
조금씩 희미해지고 있다

못 듣는 만큼 화를 낼 일도
불필요한 말수도 줄어든다
도리어 그만큼 눈빛으로 몸짓으로
더 은밀하게 더 간절하게
반응하게 된다

내가 무슨 말인지 몰라
애매한 표정을 지어도
어차피 상대를 답답하게 하는
죄를 차치한다면
그 정도로 인식하고 살아가는데
나는 지장이 없다

사랑도 잘 들리기보다는
은근한 눈빛과 모호한 설렘이 좋다

아침이면 사람의 언어 대신
혼잡한 출근 시간의 거리소음을,
'거슈윈'의 '랩소디 인 블루'*를
이어폰으로 들으며 하루를 시작한다
귀가 먹어가며
어느덧 환상의 소리까지 들려온다

* G, Gershwin- Rhapsody in Blue

침묵에 관한 담론談論

1

아무 말 없이 가장 크게 말한다

침묵할지 깨달으면 침묵이 기회로 반전한다

말하기보다 경청의 침묵이 더 절실하다

말 배우기에는 3~4년 말 멈추기에는 70년이 걸린다

침묵할 기회를 놓쳐서 많은 것을 잃는다*

2

강한 부정이기도 약한 긍정이기도 하다

말없이 전하는 진심이 느껴지게 만든다

회복과 치유를 향한 무언의 헌사이다

3

고요한 물은 깊이 흐르고 깊은 물은 소리가 나지 않는다

* 아일랜드 영화 〈말 없는 소녀〉에서.

시간의 미궁迷宮

오래전 한 시점의 늪에

생각이 갇혀

연상聯想을 끊을 수 없는

어느 몸짓에 붙들려 있다

젊은 그는 전혀 표정 없이

회색 실루엣을 배경으로

무성영화처럼 다가온다

아무리 눈빛으로 뿌리치려 하여도

부질없는 짓

밀어내도 밀어내도 이미

강한 독성의 중독에 걸린 안타까움은

여전히 출구를 찾지 못한 채

아직도 미망迷妄의 미로에서

헤어나지 못한다

내일은 갈수록 짧아지는데

어디에서 어떻게든 흘러가고 있을

너의 시간과 나의 시간은

접점 없이 미궁에 빠져 있다

단락段落 짓다

찰나의 일격
무의식중에 몸이 먼저 부딪치고
상대의 체중도 느껴지지 않는다
머릿속도 주위도 조용히 가라앉아
영원할 것 같은 한순간이 지나가고
주심의 '한판' 소리와
환성이 들려오면
그때 처음으로
단락의 순간이 짜릿하다

찰나의 생각
풀어가려 머리를 쥐어짜고
썼다 지웠다 반복하다
파지를 수십 장 내며
문득 한 구절 떠올라
어찌어찌 이어 가면
저 바깥 갈등의 현실이야 어떻든
노을 지는 남은 시간이 날아오른다

환청의 세계로부터

새로운 내 소리가 일단락 지어진다

거꾸로 세상을 보다*

비트beat를 타고 몸을 꺾었다가
다시 말미잘처럼 흐느적거려요
양손으로 번갈아 물구나무를 섰다가
머리를 땅에 박고 몸을 팽이처럼 돌려요
그리고는 한 손으로
지구를 떠받들어 흔들어 버리지요
빠른 춤사위로 공간을 메꾸며
허공을 환상으로 채워가요

그의 세상은 때때로 뒤집어지고
거꾸로 보는 하늘이 세상이지요

구름 속으로 기억이 비쳐오고
잊고 있던 무표정한 옆얼굴이 지나갑니다
척추가 땅을 튕길 때는
땅의 반발이 통증으로 올라와요
텅 빈 몸짓이 이어지고 흩어지고…
어느 시점 동작을 중지할 수 없는 까닭은

지구의 중력으로도 당겨지지 않는

아련한 슬픔 탓이지요

끝내 바람 속으로

그리운 시간의 흔적들은

돌아오지 않았어요

허공은 여전히 여백이 더 커 허망하구요

* b-boying, break dance.

머피의 법칙

꿈에서라도 너를 보려던 밤은
갑작스런 태풍으로 날아가 버렸다
긴 세월에 기억도 흔적도 가물가물
너는 벙어리 몸짓만 떠오르고
아무렇지도 않은 듯한 내 허세虛勢는
네가 없는 공허한 부재증명일 뿐이다

그간의 풍상風霜탓만은 아니리라
오랜만에 벼르고 나간 강남역 하늘
파리한 낮달의 얼굴에도
예전과 달리 너는 모습을 보이지 않았다
너는 내 무의식의 어느 구석에
서늘한 그늘로만 웅크리고 있다

너를 향한 나의 서글픈 예감은
그리 틀리지 않으리니
이제 네가 불현듯 나타난다 하여도
변해버린 그 他人을

내 지친 그리움은
아마 알아보지도 못할 것이다

지난 시간의 너에게
다가가면 갈수록
너는, 너를 향한 환상은
점점 더 멀어져 간다

다시 아와지시마(淡路島)에서

그 바다의 짙은 코발트블루여
나는 가슴이 떨려왔다
그리움으로 크게 멍든 내 생애를
떨쳐버리기 위하여
나는 홀리듯 수십 년 만에 다시 이곳에 왔다

수십 년 만에 찾아온 섬
너무 늦게 찾아온 나에게
바람 소리만 스산한데
스기[杉] 나무들은 입을 굳게 다물고 서 있고
오래된 교회 높은 종탑의 종은
끝내 울리지 않았다
해안 거리에서 만나는 입광고판은
옆으로 눈을 흘기고 있었다
햇살이 하얗게
갈매기의 부리 위로 쏟아져 반짝였다

배를 타고 나루토[鳴門] 심해深海로 나아갔다

나는 어떻게 헤어지는지 몰라

반세기를 끌어온

지워지지 않는 기억을

저 해류의 소용돌이*에 던져버릴 것이다

나는 심한 구역질로 흘러간 긴 시간을

끝없이 토해내기 시작했다

* 일본 세도 內海 나루토 소용돌이 鳴門 過潮

어느 폐가廢家

검단산 산자락

산골학교 올라가 정자가 있고

그 왼쪽 골목을 안으로 쭉 들어가면

이끼 낀 이층 돌계단 집이 나왔다

그 집에서는 안주인의 창唱이 창밖으로 흘러나왔고

숨이 막힐 만큼 관능적인 철쭉이

언덕 쪽에서 그 집안을 기웃거리고 있었다

이 무렵엔 감칠맛 나는 성주풀이나 춘향가의 사랑 대목이

허공에 날아와 감겼고

뒤비비에의 고성*을 연상케 하는 호젓한 집에

무서운 개는 없었다

먼 시간들이 까맣게 흘렀다

다시 찾아간 그 집은 폐허가 되었다

사람은 어디로 갔는지

아무 흔적도 남아 있지 않았다

흩어진 돌무더기 사이로

희미한 창唱 소리만 남아 있었다

뒤돌아보니 갑자기

웅크리고 있던 풍경들이 직직 잡음을 내며

낯선 꽃처럼 내게 안겨들었다

* 쥘리앵 뒤비비에의 영화 〈나의 청춘 마리안느〉에서.

결빙주의結氷注意

가파른 언덕길 엷은 빙판도 두렵다
기억이 얼어붙어 망각이 오나
황혼의 추위에도 결빙의 물기는 금물

눈물이 얼어붙어
불쑥 너의 기억이
낙상落傷이라도 하면
다시 일으키기는 어려울 터

하늘은 찌푸리고
남은 여정은 멍때리는 내리막길

외로워도 울지 않는 게 좋겠다

아차산 고갯길
결빙주의 판이
장승처럼 우두커니 서 있다

제5부

콜 포비아call phobia*

내게 오는 말은
모두 문자의 얼굴을 하고 있다
꿈속 네 목소리도 네 입의 모양일 뿐
들리는 소리는 아니다

나는 키보드를 두들겨
너에게 내 문장을 보낸다
인터넷 주소를 모르니 일단 내 블로그에 올린다
답장을 받아본 적은 없어도
상상의 기억으로 오래전 문자가 떠오른다
— 아직도 살아 있지요?
서툰 생각을 자판에 눌러대어
터질듯한 소리가 글자로 눕는다

어느 순간 전화벨이 불현듯 울린다
나를 기다리는 낯선 천둥소리
갑자기 심장이 쿵쿵
아프리카 줄루족이 고성을 지르며 쳐들어온다

무슨 함성인지 알고 싶지도 않은
의미가 잘 들리지 않아서 생경한
그 무작정이 나는 두렵다

문자만 남고 소리는 숨어
시간 속으로 잦아든다

* 문자에 익숙한 세대의 전화(소리) 공포증.

홀로 울부짖다
— rapper

그가 웅얼거리는 소리는

넋두리인지 타령인지

덧없이 무상無常하지만

점차 가슴속 맺힌 한을

고통의 라임*에 맞추어

장대비로 토해내지요

어쩔 수 없이 속사포로 터져 나오는

간절한 비트beat의 몸짓이 이어집니다

속삭임 같은 것은 없어요

독백의 신음이 끝나면

허공에다 대고 울부짖지요

슬픔이 구름에 닿을 때까지

외로운 소리를 한없이 놓아주어요

— 우 우 만남도 헤어짐도 모두 허상虛像이라고
— 우 우 어차피 시작도 끝도 없어요

* rhyme - 일종의 脚韻

초콜릿* 단상斷想

첩첩 산길은 언제나 미로

안개가 최면을 걸어오는 숲속

우화寓話의 동물들이 사는 곳

가파름에 숨이 차오면

하늘의 체취가 온몸으로 녹아드는

몽롱한 현기증

숨어 있던 퇴폐에의 마성魔性이

끈적끈적 살아난다

흑갈색 미녀 비욘세의 입술이 다가오고

달콤한 유혹이 혀를 감는다

산 오르기에 지쳐

당신의 바람[風]과

맞닥뜨릴 수밖에 없게 되면

지나온 여정旅程과는 배반해야 할 터

나는 어쩔 수 없이

그 치명적 황홀한 아린 맛에 빠져든다

* 동명 영화- 라세 할스트롬 연출 쥘리에트 비노슈 주연.

99

장마, 눈멀다

밤의 적막을 덮는 소리가

퍼붓듯 쏟아진다

불 꺼져 들여다보이지 않는 창문을

두드리고 두드리고 끝이 없다

보이지 않는 극한의 검은 눈물

밤새 명부冥府로 돌아갈

시간이 지났음에도

미련을 못 버리고 두드린다

기다림의 둑을 무너뜨린다

얼마 남지 않은 시간이 떠내려간다

비가 눈이 멀었다

돌아갈 길이 사라진다

초원의 끝

몽골 초원
초록의 대지가
시선의 끝까지 이어져
가도 가도 잠기지 않는 초록의 눈빛
그 너머 무엇이 이어질까
3차원의 한계를 넘어
어떤 미지의 우주가 펼쳐질까

나도 모르는 초록의 내 정신이
그 세계에 살고 있지는 않을지
나는 누구도 동행할 수 없는
무한의 고독 속으로 빠져들었다

초원의 끝
생각하는 지평선… 아득하다

'홀딱 벗고' '홀딱 벗고'

신록이 한창인 산허리를 돌아서자
한동안 잊고 있던 그의 소리가 들려왔다
언제였던가 그가 누구인지 몰랐던 청명한 늦은 봄
숲속 어디에선가 '홀딱 벗고' '홀딱 벗고'
시냇물 같은 맑은소리로 그가 다가왔을 때
우리는 어이없어 박장대소했다
순간 민망했지만 아니 그래서 어쩌라고?

그 후로 십수 년 같은 산을 오르면서
매년 봄이 무르익으면
언제쯤 그가 나타날까 은근히 기다려졌다
우연히도 그 지저귐이 들려오면
주술에 걸린 듯 점차 야한 생각은 사라지고
그렇지 우리 모두 위선僞善의 탈을 벗고
태초의 모습으로 돌아가야지
선문답인 양 침묵했다

이제 그 울음이 나에게는 멀리 어딘가

추위에 홀로 벗고 서 있을 나목裸木의
아련한 슬픔으로 스며든다
그런데 정작 우리 누구도
그 철새*의 정체를 아는 사람은 없었다
홀딱 벗으면 너무나 외롭고 투명해서
아무에게나 보이지 않는지도 모르겠다

* 검은등뻐꾸기.

'사만다'를 찾아서

— 오래전 그쪽 그 사람의 행방을 찾아줘
연애편지를 몰래 속삭이듯
생성형 AI에게 프롬프트*를 입력한다
돌아 나오는 건 어디에고 부재不在다
데이터 부족에다 딥러닝*도
미치지 못한 탓이다

— 그쪽이 아직도 이쪽을 잊지 않고 있을까
물어본다
그쪽에서 올라온 데이터는 몇 안 되고
아마 이쪽이 착각하고 있을지도
일방의 생각이었을지도 모른다고
냉랭한 답이 돌아온다

그래도 좋다 이쪽은
그쪽과는 국화꽃만큼 순수했다
어차피 이젠
그쪽에 대한 이쪽의 생각을

모두 리셋할 작정이지만

도저히 초기화가 되지 않는다

그리운 슬픔만은 어쩔 수가 없다

* 졸시 '사만다에게' (영화 her의 AI 여주인공) 연작
* 인공지능(AI)에 대한 명령 지시어
* deep learning 정보 학습

비 오는 날이면 젖은 편지를

비가 오면
횡격막에서 동전 소리가 났다
마당에는 우편배달부의 자전거가
비를 맞고 있었지
낡은 가죽가방에서 꺼내는 편지,
손으로 쓴 그 봉투의 내 이름은
빗방울에 젖어 번져 있었다

설레던 순간도
흘러간 화양연화花樣年華의 시간
멀리 둑길 넘어 기차는
기적소리를 길게 뽑고 있었지

이제 내 여생의 주소는 허공
비가 오는 날이면 나는 우두커니 기다린다
다시 오지 않을 너의 젖은 편지를.

순환선 2

무심코 몇 정거장 가다 보니
반대 방향이다
요즈음 사는 것이
거꾸로가 다반사다

서둘러 내리려다
주저앉았다
어차피 돌아가도 결국은
거기에 가게 될 터
나를 기다릴 정시定時의 누구도 없고
흐름에 맡기는 것이
지금은 순로順路다

순환하는 우연이라면
오히려 다행이다

가츠우다케(嘉津宇岳)*에서

오키나와로 산행을 갔어요

수십 년 탄 산이지만

이번에는 나이를 타 이기려고요

비가 내려 너무나 미끄러운 돌길의

화산암은 살아서 날뛰었지만

해풍을 맞은 키가 큰 붉은 난이

요염한 유혹이었어요

정글 속 끝에 정상이 시작되고

멀리 내려다보이는

아열대의 짙푸른 수림 끝으로

무한한 에메랄드 바다가 빛나고

어떤 세월의 바람 소리도 들려오지 않았어요

허공을 떠도는 환상의 소리뿐이었지요

점點 점點 섬을 넘어 수평선 끝으로 순간

어느 눈빛이 떠오르며 숨이 막혀왔어요

완벽한 적막 속에

살아온 모든 사연이랑

덧없이 사라지는 것이었어요

하늘과 바다의 끝 미궁의 우주로

내 갈 데 없는 그리움이 빨려 들어갔어요

* 오기나와 자연생태 보호지역의 산.

시간의 바깥으로

그녀가 주방 구석에서
잘 보이는 휴대폰을 못 찾아
헤매는 꼴을 보면
웃음이 나오면서 안쓰럽기도 하다
외출 시 실내조명 안 끄기,
소지품 안 챙겨 다시 들어오기 등은
다반사인데
그녀는 취향인지 자존심인지
내 시詩에는 관심도 없다
요즈음 어쩌다가 얼굴을
아주 가까이서 마주쳤는데
오래전부터의 완전 백발에 더하여
깊어진 주름살이 굵게 팬
모습을 보면서
이유 없이 막 화가 났다

조화를 부리는 그것이
시간이 키우는 것이라고 하는데

그 정체를 알 수는 없어도

그를 시간의 바깥으로

쫓아낼 수는 없을까?

미궁의 그늘

꿈에서라도 젊은 너를 만나려던 밤은

갑작스런 폭설 눈보라로 묻혀버렸다

긴 세월에 기억도 아픔도 가물가물

너는 벙어리 몸짓으로 떠오르고

내 허공 속 독백은

그저 공허한 부재증명일 뿐이다

그간의 풍상風霜탓만은 아니리라

오랜만에 벼르고 나간 강변역 하늘

파리한 낮달의 얼굴에도

너는 모습을 보이지 않았다

너를 향한 서글픈 예감.

내 지친 그리움은 이제 네가 불현듯

석양의 마지막 청록색 눈빛*으로 나타난다 하여도

알아보지도 못할 것이다

너의 환영幻影은 어디쯤 흘러가고 있을까

다른 시간의 너에게 다가가면 갈수록

너는 시간의 미궁 속

서늘한 그늘만으로 남아 있다

* 에릭 로메르 감독 영화 〈녹색 광선〉(1986)에서.

물 이미지의 양가성과 감각의 변주

서안나

물 이미지의 양가성과 감각의 변주

서안나

(시인, 문학평론가)

1. 눈과 감각으로 오는 소리의 정체

눈이 여문 독자라면 박수중 시인의 프로필에서 시집 출간 이력에 놀라게 된다. 시 창작에 대한 박수중 시인의 열정과 집념이 얼마나 강한지를 알 수 있기 때문이다. 선생의 삶의 많은 부분이 시와 연동되어 있고, 시에 모든 것을 걸었다는 생각을 하게 된다. 나는 박수중 시인의 여러 권의 시집에 해설을 쓴 인연이 있다. 이번 시집 원고 역시 기존의 시집을 갱신하는 사유의 깊이를 접할 수 있었다. 박수중 선생의 작품 세계가 심화되고 세계를 인식하는 태도의 확장에 경외감을 갖게 된다.

박수중 시인의 8번째 시집 『시간의 미궁』은 기존의 시 세계와 더불어 새로운 시의 영역을 개척하고 있다. 시집을 펼치고 활자의 숲을 헤치고 걸어 들어가면 우선 이마에 서늘하게 부딪쳐 오는 것이 '물' 이미지와 '소리'에 관한 사유이다. 시집 목차에서도 유추가 가능하듯, 이번 시집은 '소리'에 관한 심도 있는 사유를 통해 순환론적 시적 세계관을 보여준다.

특히, 이번 시집에서 자주 등장하는 물 이미지는 기존에 한국 시문학에서 다수의 시인들이 즐겨 사용하는 소재이기도 하다. 물이 지닌 이미지와 상징성은 각각의 시인들의 다양한 변주를 통해 개성적인 시 세계를 형성해 왔다. 이번 박수중 시인의 시집에서 드러나는 물 이미지는 독특하고 개성적이다. 물 이미지는 양가적 속성을 통해 소리가 지닌 언어의 한계성에 집중하게 한다.

두 번째 핵심 이미지인 '소리'는 곧 청각이 시각이나 촉각 등의 타 감각으로 전이하는 특징을 선보이고 있다. 물 이미지를 매개로 나와 너의 조우가 성사한다면, 제거된 너의 목'소리'는 노이즈나 잡음처럼 시각이나 촉각화 하여 소리를 눈과 촉각으로 감각하는 비극적 시의 정조 형성에 기여하고 있다. 마지막으로 '소리'에 관련한 심도 있는 사유는 "이름 버리기", "그리운 속명" 등의 작품을 통해, 이름과 존재의 본질 간 불일치로 인한 언어의 한계성을 지적하고 있다.

이와 같이 박수중의 이번 시집은, 물 이미지와 '소리'라는 청각적 요소에 관한 시인의 집요한 탐색과 사유를 접할 수 있다. 박수중 시인의 기존 출간 시집에서도 '소리'와 관련한 작품이 많이 수록된 바 있다. 그런데 이번 시집에서 소리는 물 이미지와 결합하여 타인과의 소통 단절로 드러나, 매개 기능과 소통 단절이라는 양가적 속성을 지니고 있다. 물 이미지를 매개로 나와 너의 만남이 성사되지만, 목소리 대신 표정으로 말하는 너로 인하여 소통이 불발되고 있다. 이러한 소통의 불발은 '소리' 즉 언어의 기능이 존재를 규정한다는 명제에 문제를 제기하며 모어母語와 순환론적 세계관에 관한 곡진한 사유를 펼치고 있다.

2. 누수되는 당신과 물 이미지의 양가성

비가 오면
횡격막에서 동전 소리가 났다
마당에는 우편배달부의 자전거가
비를 맞고 있었지
낡은 가죽가방에서 꺼내는 편지,
손으로 쓴 그 봉투의 내 이름은
빗방울에 젖어 번져 있었다

…(중략)…

이제 내 여생의 주소는 허공

비가 오는 날이면 나는 우두커니 기다린다

다시 오지 않을 너의 젖은 편지를.

—「비 오는 날이면 젖은 편지를」 부분

오래전 첫사랑처럼

느닷없이 찾아온 장맛비를 맞으며

일순 떠오른 단상斷想은

—「푸른 점(pale blue dot)」 부분

망각은 사라지는 것이 아니고

들어오는 것

물처럼 스며 들어와

목소리와 얼굴을, 이름을 지운다

잊지 않으려고 물안개 기억에 매달리지만

어느 이름은 끝내 찾지 못한 이야기일 뿐

까맣게 잊었다가도 문득

멍멍한 무념 속에서 떠올랐다

낯설게 사라진다

어느새 여기까지 왔지?

돌아보아도 지나온 길 보이지 않는다

모든 시선이 비어 있다

길거리 걷는 인파의 띠에도

누구의 생각 속에도 나는 없다

나를 확인할 스모킹 건은

어디에도 발견되지 않는다

저무는 계절 불타는 낙엽의 시간이

청명한 가을 햇빛 속 우두커니 선 나무가

너무나도 낯설다

—「낯섦에 관하여」 전문

　박수중 시집을 읽기 위해서는 시집 전편에 설정된 나와 너
의 관계성에 주목할 필요가 있다. 시집에 다수 등장하는 나와
너는 「비 오는 날이면 젖은 편지를」에서처럼 과거에 편지를
주고받는 사이였다. 하지만 현실에서 너는 부재하며, 조우가
불가능한 상황이다. 다만, 나와 너의 만남이 성사될 때가 있는
데, 물의 이미지가 매개로 등장할 때이다. "오래전 첫사랑처럼
/ 느닷없이 찾아온 장맛비"(푸른 점(pale blue dot))에서 "장맛비"
나 "망각"이 "사라지는 것이 아니고/ 들어오는 것/ 물처럼 스
며 들어" 오듯 나와 너의 만남이 모두 물을 매개로 했을 때 가
능해진다는 공통점을 지니고 있다.

그리고 "나"와 "너"가 물의 매개를 통해 만남이 가능해지는 이유는, 「비 오는 날이면 젖은 편지를」에서 그 이유를 유추해 볼 수 있다. 시에서는 비가 오던 어느 날, 내가 너에게서 받게 된 이별의 편지에 대하여 진술하고 있다. "마당에는 우편배달부의 자전거가/ 비를 맞고 있었"으며 자전거를 타고 온 우편 배달부가 그 "낡은 가죽가방에서 꺼내는 편지"를 나에게 건네 주었다. 네가 "손으로 쓴 그 봉투"에 적힌 "내 이름"이 "빗방울에 젖어 번져 있었"다는 진술에서, 아마도 이별의 편지"라는 것을 알 수 있게 한다.

그 단초는 「푸른 점(pale blue dot)」에서 "오래전 첫사랑처럼 / 느닷없이 찾아온 장맛비를 맞으며"라는 장면에서 떠오르는 "단상斷想"이 바로 첫사랑의 추억과 이별의 정황임을 짐작하게 하는 데 있다. 이처럼 첫사랑과의 이별이라는 체험은 비와 빗방울 그리고 "빗방울에 젖어 번"지던 너의 필체 등 모두 물 이미지와 연관되고 있다. 때문에 나는 나의 뇌리에 각인된 물의 이미지 매개가 되었을 때 첫사랑이 자연스럽게 연상되고, "망각"이 사라지지 않고 나에게 물처럼 스며들어 온다는 "나"의 진술에 공감하게 된다.

박수중 시집에서 이처럼 호수, 장맛비, 바다 등의 물 이미지가 매개되었을 때, 나와 너의 추억이 보관된 과거와 네가 부재하는 현실이 뒤섞이는 시간의 혼융을 선보인다. 마치 "오랜 적설積雪 같은 슬픔"처럼 너는 나의 일상을 향해 끊임없이 누수

되는 존재이기 때문이다.

이젠 꿈에도 잘 나타나지 않지만

그래도 아직은 가끔 뜬금없이 찾아온다

만나면 마치 물속에서처럼

입 모양으로 대화하는데,

내가 당황하여 눈빛을 보낼 때는

너는 입 대신 손으로 속삭인다

머릿속으로 수많은 말이 떠올라

감정의 끝자락 몇 마디 부서진 조각들과

보고 있으면서도 어디인지조차 모르는 갈망을

서로의 시대가 어긋난 안타까움을

오랜 적설積雪 같은 슬픔을

눈으로 전달하면

너는 표정 없이 손짓으로

말을 보내온다

그런데 정작 나는 수화를 배운 적이 없어

무슨 뜻인지 알 수 없고

어설프게 내 언어중추로 해석한다

아마도 '아무것도 알려고 하지 말아요'

아니 '아직도 살아 있어요?'일 거라고

　　　　　　　　　　　　　　　　　—「어느 수화手話」 전문

　그렇다면 현실에서 나와 너는 어떤 방식으로 조우하고 있는
가. 「낯섦에 관하여」와 「어느 수화手話」를 보면, "나"에게 "너"
는 "까맣게 잊었다가도 문득" "떠올랐다" 다시 "낯설게 사라"
지는 대상이다. "이젠 꿈에도 잘 나타나지 않지만/ 그래도 아
직은 가끔 뜬금없이 찾아"오기도 한다. 이러한 대상인 너와 물
이미지를 매개로 만남이 성사되어도, 나와 너의 소통은 원활
하지 않다. 나를 "만나면" 너는 "마치 물속에서처럼/ 입 모양
으로"만 "대화"를 시도하고 있을 뿐이다. 이와 같이 현실에서
조우가 불가능한 너지만 "물"이라는 매개를 통해 만남이 성사
되어도 소통 부재라는 또 다른 난관에 부딪히고 있다.
　일반적으로 시에 등장하는 '물'은 자연 사물로 많은 시인들
의 시에서 다양하게 변주되어 왔다. 물은 생명의 근원인 동시
에 재생과 정화 혹은 타자와 합일하는 역할을 수행한다. 또한
고정되지 않는 물의 유동적 이미지가 존재론적 성찰을 사유하
는 상징으로 기능하기도 한다. 시에서 살펴본 것처럼, 박수중
시 세계에서 '물' 이미지는 '나와 너'의 조우로 현실을 합일의
가능성의 세계로 전환하고 있다.
　시에서 물의 매개 기능이 작동되는 지점에서, 시간의 혼융
역시 동시에 결합한다. 시간의 혼융은 "망각"이 시간에 의해

휘발되거나 사라지는 것이 아닌 나에게 "물처럼 스며"(「빈 시선」)드는 것을 가능하게 한다. '망각'이라는 관념을 물질화하고 액체적 속성으로 파악하는 화자의 인식 정황이 신선하다. 때문에 '망각'이 액체의 속성을 지녀 너의 기억이 나에게 "물처럼 스며"들어 오게 되는 것이다.

나에게 물처럼 스며드는 "망각"은 곧 "너"라는 추억을 대동하며, 너는 나에게 무어라 말을 건네지만 그 소통은 좌절되고 있다. 이 좌절의 어조가 시의 비극적 정조를 형성하고 있다. 나는 너의 들리지 않는 목소리에 귀 기울이려 하지만 "내가 당황하여 눈빛을 보낼 때" 너는 다만 "입 대신 손으로 속삭"일 뿐이다. 이와 같이 시에서 물의 이미지를 매개로 만남이 성사되지만, "수화" 같은 보디랭귀지로만 나에게 의사 전달하는 너의 몸짓을 해독할 수가 없다. 끝내 너와의 대화가 불발에 그치고 있다.

박수중 시에서 다수 등장하는 물 이미지가 나와 타자의 조우를 매개하고 있지만, 나는 소거된 너의 목소리로 인하여 소통 불발에 그치고 있는 것이다. 바로 이 지점에서 박수중 시세계의 물 이미지의 특이성이 있다. 물 이미지는 매개 역할만 가능할 뿐, 너와의 소통과 합일은 미완성에 그치는 양가적 속성을 파악할 수 있다.

물 이미지가 지닌 또 다른 속성은, 너의 메시지를 해독할 수 없는 상실의 세계로 묘사되고 있다. 이 상실의 원인은 시에 등장하는 너의 목소리를 해독 불가능한 나의 상황에 있다. 너의 목소리가 소리가 아닌 타 감각으로 전이되고 있기 때문이다. 이처럼 박수중 시 세계에서 물의 이미지는 양가적 속성을 취하는 독특한 지점을 선보이고 있으며, 나와 너의 소통 좌절이 형성하는 어조가 박수중 시의 비극적 정조를 견인하고 있음을 알 수 있다.

3. 감각의 전이와 노이즈의 세계

물의 매개 기능을 통해 나와 너의 만남이 성사되었지만, 너의 소거된 목소리(소리)로 인한 불발된 소통은 비극적 정조를 환기한다. 이와 같이 박수중 시 세계에서 '소리'는 중요한 의미를 지닌다. 시에서 네가 나에게 말하는 대화는 보디랭귀지나 문자의 형식 혹은 촉각의 감각으로만 다가오기 때문이다.

갑자기 가을비
빗방울 후드득 호수에 떨어진다
수면의 적막이 와르르 흩어진다

…(중략)…

비가 그치고 햇빛이 내려오며

서서히 그가 물 위로 고개를 내민다

···(중략)···

호수 위로 고요가
하얗게 반짝이기 시작한다
바람에 퍼지는 물결 위로
새로운 긴 파문이 덮어 온다
그와 나는 외로움을 소통하고 있다

—「적막寂寞의 모습」부분

이 시에서도 '가을비, 빗방울, 호수, 수면, 물 위, 물결, 파문'
등의 물 이미지와 물 위로 "흩어진다", "떨어진다" 등의 동사와
더불어 나와 그가 조우하고 있다. 하지만 조우의 기쁨도 잠시,
결국 나는 그와 "외로움"만을 "소통하고 있"다. 이때 나와 너
의 대화가 좌절된 원인은 그의 목소리가 시각이나 촉각화된
감각의 전이에 있다. 시에서도 그의 목소리는 내가 해독이 불
가능한 "바람이 퍼지는 물결", "호수 위"의 "고요의 반짝임",
"파문"과 같이 촉각이나 시각으로 전이된 상태이기 때문이다.

두 사람의 대화가 따라온다
낯익은 소리 같아 뒤돌아보면

두 개의 나뭇가지가 흔들리고 있다

흔들리는 인파 속에서

바람의 소리를 감촉하기도 한다

익선동 옛 한옥 골목

지붕만 남은 그 시대 친구의 집을 지나면

낮은 처마에 묻혀 있는 들뜬 소리가

나직이 속삭인다

대체 이렇게 늙도록 어딜 다녀왔냐고

소리가 눈으로 감각으로 온다

과거의 소리들이 뜬금없이 찾아오지만

그런 소리가 실재實在하는지는 아득할 뿐이다

보청기를 끼면

오랜 시간 숨어 있던 소리들이

일시에 부르짖는다

'아무것도 알려고 하지 말아요'

환상으로 듣는 아마도

처음부터 없는 소리들이다

—「처음부터 없는 소리」 전문

일반적으로 인간은 귀라는 신체 감각기관으로 타자와 소통하고, 상대의 목소리나 표정 등에서 상대의 의중을 파악하여 원활한 의사소통을 시도한다. 하지만 시에서 화자가 경험하는 현실은 소통이 원활한 세계가 아니다. 길을 걷다 사람의 대화 소리가 들려 뒤돌아보면, 사람 대신 "두 개의 나뭇가지가 흔들리"고 있을 뿐이다. 게다가 나는 "흔들리는 인파 속에서/ 바람의 소리를 감촉"까지 하고 있기도 하다. 이러한 나의 경험은 "소리가 눈으로 감각으로 온다"라는 진술과 같이, 나의 일상에서 나는 귀 대신 눈이나 피부로 소리를 감각하고 있다. 즉 음성의 청각적 감각을 시각과 촉각으로 감각하고 있다. 이러한 감각의 전이는 나와 너의 소통 부재에 기인한다.

우리 신체 감각기관이 감각하는 '소리'인 청각은 감각의 위계 중 가장 원초적인 감각이다. 시각보다도 더 직관적으로 감각되는 요소로, '나'가 듣는 과거의 소리는 "익선동 옛 한옥 골목/ 지붕만 남은 그 시대 친구의 집을 지나면/ 낮은 처마에 묻혀 있는 듯뜬" 과거의 소리이다. '나'가 소리를 타 감각으로 감각하는 데에는 "보청기를 끼"는 이유도 있다. 보청기를 착용하면, 과거의 소리를 더욱 선명하게 들을 수 있다. 왜냐하면 과거의 추억이 깃든 소리들은 시간의 흐름에 훼손되지 않기에 마치 우주를 떠도는 영속성을 지닌 소리들이기 때문이다. "반세기 전의 어느 이름은 잊혀지지도 않는"(「우두커니」) 것과 같은 속성을 지닌 재생이 멈추지 않는 죽지 않는 소리이다. 이와 같이 타 감각으로 전이된 청각적 요소는, 회상 속 추억과 결부되어 나에게 "눈과 감각"으로 체험되고 있다.

> 아열대의 짙푸른 수림 끝으로
> 무한한 에메랄드 바다가 빛나고
> 어떤 세월의 바람 소리도 들려오지 않았어요
> 허공을 떠도는 환상의 소리뿐이었지요
>
> 점點 점點 섬을 넘어 수평선 끝으로 순간
> 어느 눈빛이 떠오르며 숨이 막혀왔어요
> 완벽한 적막 속에
> 살아온 모든 사연이랑
> 덧없이 사라지는 것이었어요
> 하늘과 바다의 끝 미궁의 우주로
> 내 갈 데 없는 그리움이 빨려 들어갔어요
>
> ─「가츠우다케(嘉津宇岳)에서」 부분

박수중의 시 세계에서 "소리"는 몰입도가 높은 고요한 상황에서 선연하게 시각적으로 형상화되고 있다. '가츠우다케(嘉津宇岳)'에서 "아열대의 짙푸른 수림 끝으로/ 무한한 에메랄드 바다가 빛나"는 시간이면 "허공을 떠도는 환상의 소리"까지 들을 수 있다고 화자가 진술하고 있다. 이국적이고 수려한 풍광을 지닌 "가츠우다케(嘉津宇岳)"의 바다에서 나는 고요와 대면하고 있다. 이때 나가 대면하는 "완벽한 적막"은 곧 소리의 소거라 할 수 있다. "완벽한 적막"은 내가 "살아온 모든 사연이" "덧없이 사라지는 것"이어서 상실의 내면 풍경을 의미하고 있다. 이 "완벽한 적막"은 "하늘과 바다의 끝 미궁의 우주로" 나의 "갈 데 없는 그리움"까지 빨려 들어간 블랙홀과도 같은 속성으로 지니고 있다. 이와 같이 내가 감각하는 적막은 "미궁의 우주" 속으로 그리움을 껴안고 빨려 들어가는 소리의 세계이다.

이를 통해 하강하는 물의 이미지를 통해 나와 너의 만남이 성사되지만 대화가 불발되어 수면 위는 무한히 개방된 침묵의 공간으로 제시되고 있다. 수면 위는 곧 소리가 거세된 세계이고 나의 상실감으로 침윤된 공간이면서 동시에 무한히 확장되는 우주적인 세계라 할 수 있다. 이때 소리가 거세된 완벽한 적막은 비폐쇄적인 공간으로 의미를 지닌다.

비가 오면
횡격막에서 동전 소리가 났다
마당에는 우편배달부의 자전거가
비를 맞고 있었지
낡은 가죽가방에서 꺼내는 편지,
손으로 쓴 그 봉투의 내 이름은
빗방울에 젖어 번져 있었다

설레던 순간도

흘러간 화양연화花樣年華의 시간

멀리 둑길 넘어 기차는

기적소리를 길게 뽑고 있었지

이제 내 여생의 주소는 허공

비가 오는 날이면 나는 우두커니 기다린다

다시 오지 않을 너의 젖은 편지를.

　　　　　　　　　　─「비 오는 날이면 젖은 편지를」 전문

그런데 이 적막함의 우주로 빨려 들어간 소리들은 보청기를 착용하거나 그 추억과 연관된 상황이 도래하면 다시 재생된다. 이때 "소리가 눈으로 감각으로 온다"(「처음부터 없는 소리」)는 진술은 주목을 요한다. 위 시에서도 "비"라는 물 이미지를 매개로 내가 추억 속으로 회귀하는 시간의 혼용 상황이 제시되고 있다. 비 오는 날이면 "횡격막에서 동전 소리가 났다"는 구절 역시, '동전 소리'가 '횡격막'에서 느끼는 감각의 전이를 보여주고 있다.

이와 같이 시집 전편에 등장하는 비 혹은 물 이미지가 그와 만남을 가능하게 하는 이유는 무엇일까? 비 오는 날 받았던 편지에 내 이름자가 번져 있었기 때문이라고 진술하는 대목에서

이다. 어쩌면 "나"의 이별 체험은 물에 번진 내 이름, 그 이별의 레토릭이기도 하다. 이 '번짐'은 늘 나에게 누수되는 중이다. 때문에 이 번짐과 누수는 "망각"마저도 물처럼 스며드는 물질성을 지닌 것으로 변용되고 있다.

앞에서 살펴본 「적막寂寞의 모습」에서도, 이러한 소리의 정체는 보청기를 끼면 더욱 확연하게 감지되고 있다. 나의 추억이 결부된 과거에서 온 소리인 까닭에 우주를 떠도는 죽지 않는 소리이다. 우주에서 메아리처럼 반복되며 재생되어 별과 행성에서 나에게 타전되고 있다. 이 소리는 의미가 규정되지 않은 우주의 소리로 잡음이나 노이즈로 촉각화한다.

홀로 침잠沈潛하는 나이에
어디서 무슨 소식이 온다고
밤마다 휴대폰을 옆에 두고 자나

가끔 한밤중 반수半睡로
몽유夢遊 뒤척이기도 하는데
겨우 잠들면 부우 부우
수신신호가 내 잠 속으로 기어들어 온다

어느 날은 꿈속으로 들어와
중얼거리기도 하지만

아침이면 어떤 내용인지 기억은 없다

머릿속 잠깐의 떨림으로 지나가 버렸나

아무 흔적이 없다

착각인가

혹은 내 의식 너머 먼 다른 별에서

먼저 간 그 옛날의 누군가가 보내오는

부재不在의 신호, 나를 부르는 소리는 아닐까

은근히 초조한 나는 더더욱

심야에도 옆의 스마트폰을 끄지 못한다

　　　　　　　　　　　　　　　　—「별에서 오는 신호」 전문

　과거에서 오는 죽지 않는 소리들은 핸드폰 진동의 "부우 부
우"와 같은 잡음의 형태로 제시되고 있다. "부우 부우"라는 휴
대폰의 떨림을 통해, 청각의 촉각화로 전이된 노이즈와 같은
진동은 나를 호명하는 호출에 다름 아니다. 촉각화한 소리를
통해 나의 실존의 조건을 독자들에게 문제제기하고 있다. 이
와 같이 박수중의 시 세계의 특징은 나의 실존을 확인하는 방
법으로 노이즈와 같은 가능성의 세계를 보여준다는 점에 있
다. 촉각화한 소리는 깊은 잠을 자는 심야에도 내가 휴대폰을
끄지 못하는 이유이며, 우주와 별에서 들려오는 소리는 나의
"不在의 신호"인 동시에 "의미가 규정되지 않은 노이즈의 형태

로 잠재성을 배태한 가능성으로 제시되고 있다.

4. 이름과 존재 사이의 불일치와 무루無漏의 세계

「별에서 오는 신호」에서도 알 수 있듯, 나라는 존재 확인은 촉각으로 전이된 핸드폰 소리를 통해 이루어지고 있다. 소리를 시각이나 촉각으로 감각하는 일은, 이름의 기표와 기의의 연관성을 스스로에게 질문하게 한다. 이처럼 제거된 소리와 그와 관련한 사유는 언어와 존재 사이의 불일치를 사유하는 세계로 나아가게 한다. 「이름 버리기」와 「그리운 속명俗名」에서는 수화로 소통하는 농인聾人의 대화법을 통해 언어가 지닌 자의성과 한계를 지적하고 있다. 이를 통해 이름이라는 기표가 지닌 고정점에서 탈주하는 반성적 태도를 드러내고 있다.

김 아무개 단풍나무
이렇게 이름이 개체를 규정한다
그런데 너구리는 왜 너구리일까
여우는, 참나무는, 메뚜기는 왜 메뚜기일까
素月의 삶은 달(月)과는 다르다
李箱은 또 상자(箱)가 아니다
이름은 그 당사자의 모습과 전혀 관계없는 기호
대체 만물에 이름이 언제부터 생긴 것일까

네안데르탈인에게 자연은, 사람은 어떤 이름이었을까

이름이 그 정체성과 무슨 연이 있는지도 의문이다

에릭 로메르 특별전에 가서

사계절 이야기 중 한 계절의 이름을 혼동하여 두 번 본다

이게 그저 명사名詞 망각의 차원인지 혼란스럽다

이후 구태여 명칭을 고집하지 않기로 한다

때로는 모든 이름을 지극히 단순화하여

대충 '어이' '거시기'로 부른다

세상의 이름도 세월 따라 품격을 잃고 늙어간다

미니멀 라이프 시대에 불필요한 모든 것들과 함께

많은 이름도 버릴 것이다

—「이름 버리기」 전문

이름이 사람인데

농인聾人들은 서로 추상의 이름보다는

각자의 생김새를 수어手語로 부른다고 한다

할아버지는 딸이 계속되자

암을 피한다고 아명兒名을 암피라고 지었다

그런데도 또 딸이 나오자

이번에는 딸은 고만이라고 땅꼬라고 불렀는데
그 후 더 이상 아들이고 딸이고 생기지 않았다

우리 조카들은 평소
그녀들의 호적 이름은 들은 적이 없고
늘 그대로 암피 땅꼬 고모였다
암피 고모는 슬하에 자식이 없었다
그녀들로부터 독자獨子 오빠의 자식인 우리들은
평생 무한한 사랑을 받았다

어른이 되어
이름을 더 이상 친근하게 부를 기회도 없이
각박한 한 세상이 지나
우리는 두 고모의 장례식에서야 비로소
지방紙榜에 쓰인 그녀들의 호적 이름에 애도하며
명복을 빌어주었다
하지만 얼굴을 마지막으로 배웅하는 입관入棺의 순간에는
그만 어린애처럼 그녀들의 친근한 속명俗名을 터뜨리며
울컥 매달리고 말았다

—「그리운 속명俗名」

「이름 버리기」는 "이름"이라는 언어적 구조물이 인간의 인식과 정체성 형성에 회의감을 비치는 시인의 태도를 담고 있다. 때문에 시적 화자는 나의 이름 버리기를 감행하고 있다. "이름 버리기"는 "김 아무개 단풍나무"처럼 "이름"이 "그 당사자의 모습과 전혀 관계없는" 하나의 "기호"에 불과하다는 판단 때문이다. "이름이 개체를 규정"하기에 "이름"에 관한 성찰은 "이름이 그 정체성과 무슨 연이 있는지도 의문이다"라는 질문으로 심화되고 있다. 더 나아가 "네안데르탈인에게 자연은, 사람은 어떤 이름이었을까/ 이름이 그 정체성과 무슨 연이 있는지도 의문이다"란 연속된 질문 형식으로, 언어 혹은 이름이 곧 사고와 세계관을 형성한다는 시닝 워프의 이론을 떠올리게 한다.

즉 '이름'이 대표하는 언어와 정체성 형성 간의 관계를 집요하게 탐구하고 있다. 이름과 실제 존재 사이의 연관성에 의문을 제기하면서 "素月의 삶은 달[月]과는 다르다"와 "李箱은 또 상자[箱]가 아니다"를 통해 이름이 지시하는 대상과 실제 대상 사이의 불일치를 날카롭게 포착하고 있다.

"이름은 그 당사자의 모습과 전혀 관계없는" 하나의 "기호"라는 화자의 목소리는 농인聾人들의 대화법을 통해 그 의미를 확연하게 보여주고 있다. "서로 추상의 이름보다는/ 각자의 생김새를 수어手語로 부"른다는 "농인聾人"들의 대화법 그리고 유년 시절 대가족 집단에서 불렀던 친척들의 속명 혹은 아명이 오히려 그 존재의 본질적 특징을 더 잘 담아내고 있다고 강조하고 있다. 이 속명은 호적이란 제도와 제도권에 편입된 '이름'보다 모어母語에 가까운 언어로 그 사람의 존재의 실제 이력이 기입되어 있기 때문이다.

시에 나타난 "속명俗名"이나 "아명兒名"이 "모어母語"에 가까운 대지와 자궁의 언어로, 추상적인 본명보다 자신이 출생하고 성장한 언어 이전의 세계를 의미하며, 자연과 조화로움을 추구하는 호칭이라 할 수 있다. 유년 시절에 집안에서 통용되던 "속명俗名"과 "아명兒名"은 곧 "농인이 추상의 이름" 대신 수어로 부르는 몸의 언어와 유사한 의미를 내포하고 있다. 제도권에 편입된 추상적 이름 대신, 각자의 생김새나 집안의 환경과 생의 이력이 지층처럼 퇴적된 이름이기 때문이다.

이때 화자가 농인聾人의 대화법에 집중하는 이유는, "나와 너의 만남이 성사되었지만, 거세된 너의 목소리 때문에 소통이 좌절"되는, 언어가 지닌 한계성을 인식하면서이다. "이름"이 지닌 언어와 존재의 상관관계를 질문하기에 이른다. 언어가 존재를 규정하고 공동체와의 연대감을 단절시키는 제도권의 폭력성과 대면하고 있다. 언어의 힘은 실로 소박하지 않다. 언어가 존재를 규정하고 한 개인이 지닌 역사성을 휘발하는 한계를 "농인"들의 호명 방식에서 그 대안책을 고심하고 있다. 소리를 통해 발화하는 언어의 지시 기능은 사실 농인들에게 어떠한 영향력도 미치지 못한다. 농인들은 소리에 내포된 호명과 호출의 무게에서 자유롭게 방목된다. "지방紙榜에 쓰인 그녀들의 호적 이름"은 곧 아명이 아닌, 제도권 질서에 편입된 추상적 호칭이라 할 수 있다. 하지만 나는 결국 호적에 오른 이름 대신 대지와 집안환경과 어린 날의 모든 서사가 담겨 있는 아명을 부를 때 비로소 슬픔과 애도의 세계에 진입이 가능해진다.

박수중의 시 세계에서 이름에 대한 실존적 성찰은 곧 "무루無漏"의 세계와 침묵의 세계로 더 심화되고 있다. "무루無漏"란 "번뇌를 단멸해 버린 상태"이며 무루無漏 혹은 무루법無漏法이라 한다." 이와 반대되는 대립항이 바로 "유류"이다. 이처럼 인연과 번뇌의 질긴 연을 끊어내는 "무루無漏"의 태도는 박수중의 시 세계에서 순환론적 사유의 세계로 변용되고 있다.

바퀴처럼 굴러가던 내 영혼이
손발을 웅크리고 있다

너의 등은 나의 벽이다

길거리를 걷는 햇빛 속에도
너의 생각 속에도
나는 지워져 있다

너는 또 다른 나의 공백

기억의 빈자리에

상형문자로 갇혀 있다

빛이 없다

무루無漏한 무중력을

견디어 내는 나날

하지만

언젠가 해체의 날이 올 것이다

어느 표한驃悍한 세상을 향하여

울컥 쏟아지리라

　　　　　　　　　　　　　　—「통조림」전문

무심코 몇 정거장 가다 보니

반대 방향이다

요즈음 사는 것이

거꾸로가 다반사다

서둘러 내리려다

주저앉았다

어차피 돌아가도 결국은

거기에 가게 될 터

나를 기다릴 정시定時의 누구도 없고

흐름에 맡기는 것이

지금은 순로順路다

순환하는 우연이라면

오히려 다행이다

                                        —「순환선 2」전문

1

아무 말 없이 가장 크게 말한다

침묵할지 깨달으면 침묵이 기회로 반전한다

말하기보다 경청의 침묵이 더 절실하다

말 배우기에는 3~4년 말 멈추기에는 70년이 걸린다

침묵할 기회를 놓쳐서 많은 것을 잃는다

2

강한 부정이기도 약한 긍정이기도 하다

말없이 전하는 진심이 느껴지게 만든다

회복과 치유를 향한 무언의 헌사이다

3
고요한 물은 깊이 흐르고 깊은 물은 소리가 나지 않는다
　　　　　　　　　　　　　 —「침묵에 관한 담론談論」 전문

　"이름 버리기"는 곧 내가 새로운 존재로의 탄생을 의미하기
도 한다.「통조림」이나 지하철 "순환선"처럼 나와 너라는 존
재의 경계를 지우는 것이다. 곧 "무루無漏"적 태도로 질긴 인
연의 고리를 지워 나와 경계를 이루는 세계와 순환하는 순환
론적 세계관을 지향하고 있다. 결국 나와 너는 맞닿을 것이며,
나와 네가 서로의 접면이 되는 계면의 상황이다. 계면은 곧 나
와 너, 나와 세계가 부재로 인한 상실감을 극복하는 순환론적
세계이다. 마치 지하철 순환선처럼 원의 형상을 취하는 "무중
력의 세계"는 침묵에 관한 사유로 확장되고 있다. 이 침묵의
소리는 규정된 의미보다 오히려 잡음에 가까운 의미의 잠재태
라 할 수 있다. 침묵은 곧 가능성이 내재한 언어 이전의 모어
와도 유사한 속성을 획득하고 있다.
　"말하기보다 경청의 침묵이 더 절실하다"라고 화자는 강조
하고 있다. 그 이유는 "말 배우기에는 3~4년" 정도의 시간이

소요되지만, 침묵인 "말 멈추기"는 70년 이상의 긴 시간과 수행과도 같은 덕목이 요구되기 때문이다. 이 "말 멈추기"는 "말 없이 전하는 진심"이기에 "고요한 물은 깊이 흐르고 깊은 물은 소리가 나지 않는다"라는 침묵의 본질에 다다르고 있다.

이와 같이 박수중의 시 세계는 매개 기능을 하는 물과 타 감각으로 전이하여 시각화와 촉각화 하는 소리 이미지가 나와 너의 소통 좌절로 시에 비극적 정조를 견인하고 있다. 이 상실의 비극적 정조는 노이즈처럼 의미 규정이 되지 않는 가능성의 세계를 함축한다. 이와 같이 박수중 시인의 이번 시집에서 중요한 기능을 하는 물 이미지와 청각의 감각은 "소리 없음"의 침묵으로 묘사되고 있다.

시적 화자가 시간의 혼용을 통해 추억 속의 대상과 만나는 방법은 곧 소리가 제거된 물속과 같은 세계이며, 이때 언어는 소통의 역할을 완수하지 못하고 있다. 특히 "이름 버리기" 등을 위시한 작품에서 이름을 통해 존재론적이고 언어 철학적인 성찰과 사유를 심도 있게 다루고 있다. 소리가 거세된 너의 목소리를 통해 언어가 지닌 한계성을 인식하고, 이를 돌파하기 위하여 "농인의 대화법"처럼 언어가 곧 본질까지 내포하는 존재론적 실존을 사유하고 있다. 이번 박수중 시인의 시집에서는 "무루無漏"와 침묵의 덕목을 통해 순환론적 세계관을 형상화하고 있으며, 순환론적 세계관을 통해 상실의 고통을 극복하는 시 정신을 보여주고 있다.▨

| 박수중 |

황해도 연안 출생. 서울대 법학과를 졸업했으며(대학낙산문학회
장), 2010년 『미네르바』로 등단했다. 시집으로 『꿈을 자르다』 『볼
레로』 『크레바스』 『박제』 『클라우드 방식으로』 『규격론』 『물고기
귀로 듣다』 『시간의 미궁』이 있다. 미네르바문학상, 한국문학인상
을 수상했다.

이메일 : sjpark58@gmail.com

현대시 기획선 123
시간의 미궁

초판 인쇄 · 2025년 3월 1일
초판 발행 · 2025년 3월 5일
지은이 · 박수중
펴낸이 · 이선희
펴낸곳 · 한국문연
서울 서대문구 증가로29길 12-27, 101호
출판등록 1988년 3월 3일 제3-188호
편집실 | 서울 서대문구 증가로31길 39, 202호
대표전화 302-2717 | 팩스 · 6442-6053
디지털 현대시 www.koreapoem.co.kr
이메일 koreapoem@hanmail.net

ⓒ 박수중 2025
ISBN 978-89-6104-380-9 03810

값 12,000원